Une certaine lenteur

Collection dirigée par Lidia Breda

Catherine Deneuve
Arnaud Desplechin

Une certaine lenteur

Rivages poche
Petite Bibliothèque

Retrouvez l'ensemble des parutions
des Éditions Payot & Rivages sur

payot-rivages.fr

Arnaud Desplechin

Celle par qui le scandale arrive

Bien sûr, d'abord, il y a sa beauté assez choquante, directe. Catherine Deneuve est belle, directement.

Et puis qu'elle ait porté si sereinement une beauté si droite. Comme un choix moral, ou une vertu.

Sa rapidité – l'actrice la plus rapide du monde (refus de l'emphase, ennui devant la bêtise).

Son audace, Catherine est aussi audacieuse qu'elle semble réservée. Ou pour le dire autrement : quant-à-soi, pudeur et bravoure.

Et puis, cette forme si singulière de rébellion. Appelons ça, pour faire vite, le refus du « théâtre ». C'est cette rébellion qui fait de Catherine Deneuve l'actrice préférée des enfants. Parce que Catherine Deneuve est une fille, et qu'elle ne cédera jamais sur ce point. Là encore : une vertu.

Les trois privilèges… Certaines actrices solitaires ont rendu un cinéma tout simplement possible ; je pense à Julia Roberts. Trop de visage, semblait-il dans ses premiers films ! Julia Roberts est « encombrante », et c'est un encombrement délicieux. Pour de telles actrices, le cinéma américain doit inventer des genres nouveaux. Ôtez Julia Roberts de Hollywood, c'est tout un genre entier du cinéma qui disparaît. Parce que sans Mlle Roberts, *Pretty Woman*, *Coup de foudre à Notting Hill*… n'existeraient tout simplement pas. Julia Roberts, c'est l'amour des comédies hollywoodiennes des années trente à cinquante, sans rien cacher de nos douleurs contemporaines, de la trivialité qui nous assaille. Une insouciance d'enfant, joie extrême, désarroi extrême. C'est un privilège écrasant et il fallut bien dix ans à Julia Roberts pour admettre qu'Hollywood avait dû se réinventer un peu autour de sa seule personne.

Certaines actrices « seules » ont conquis le deuxième privilège, qui est une charge tout aussi lourde : Ingrid Bergman dont chaque évanouissement nous a appris qu'une femme, un personnage féminin, peut porter toutes nos fautes et les tourner en triomphe. À sa suite aujourd'hui, Emmanuelle Devos sans qui je n'aurais jamais rien compris aux héroïnes de Thomas Hardy. Toutes deux nobles jusqu'au vertige. Au-delà des personnages que ces actrices ont joués, leur simple visage à toutes deux, leur vulnérabilité et leur force nues, c'est chacun d'entre nous lorsque nous nous souvenons d'être noble d'âme. Lorsqu'elles semblent se dissoudre à travers l'écran, elles nous sauvent.

L'art unique de Catherine Deneuve, lui, est si singulier qu'il nous faut parler plus loin encore que l'art de l'acteur. Cette femme, une seule, a su inventer une façon nouvelle de regarder un film et de l'aimer, de le peindre à ses couleurs. Et c'est une couleur tout simplement moderne. De *Tristana* à *Huit Femmes*. Radicalement moderne.

Proposition : Catherine Deneuve est évidemment un des plus grands auteurs français.

De ses premiers films quand, très jeune fille, Catherine doutait encore de sa vocation, jusqu'à ses derniers films où elle continue à courir après le cinéma qu'elle aime, je ne vois qu'un seul trait, ou un seul ton, un goût, et une ambition folle pour le cinéma, qui sont pour moi les marques les plus sûres d'un auteur. Tout au long de ses films, près d'une centaine aujourd'hui, Catherine dessine sans cesse un cinéma qu'elle veut moderne.

Et le cinéma tel que le dessine l'œuvre de Deneuve, l'on sent bien qu'il est une attitude par rapport à la vie, ou au style, soit : une morale.

Enfance : Je me souviens d'une anecdote que me racontait Jean-Paul Roussillon. En primaire, élève médiocre, il se désolait de ne savoir rapporter une médaille pour ses parents lors des remises de prix. Une fois, une seule, il entendit son nom à l'appel des récompenses. « Jean-Paul Roussillon, prix de bonne conduite... » La décoration la plus fade qui soit, mais Jean-Paul l'arborait fièrement le lundi matin dans la cour de récréation. Il dérapa sur le bitume lors de l'appel à 8 heures. Sa médaille lui fut retirée.

Jean-Paul en tirait la morale : surtout, surtout ne jamais rien mériter !

Catherine Deneuve n'a jamais rien mérité. N'a jamais voulu rien mériter. Le cinéma imbécile de ses premiers films l'ennuyait un peu. Jouer les sottes ne lui était pas grand-chose. Jouer les savantes non plus. Demande-t-on à Eastwood de poser à l'intellectuel ? Pourquoi lorsqu'on demande à une actrice la liste de ses romans préférés, c'est toujours avec condescendance ? Poserait-on la même question à un homme ? Se présenter vénérable ou tête folle ? Maigre choix si l'on désire et l'intelligence et la beauté ! Pourquoi ne pas inventer plutôt ?

Il faut déplacer la question pour y voir plus clair : ce qui nous est demandé à douze ans, c'est la médaille ou l'obéissance. C'est ainsi que nous perdons notre enfance. Toute sa vie, Catherine Deneuve a royalement balayé toute idée de mérite ou de soumission ; et impavide, elle est toujours aujourd'hui la femme la plus scandaleuse de France. Ne jamais se soumettre et ne jamais rien mériter. Rock and roll, par nature.

C'est son art : « *Never complain* (se soumettre) *never explain* (mériter) ». La mauvaise élève que j'aurais voulu être.

Cette mauvaise élève – de *Répulsion* à *La Sirène du Mississippi*, des *Parapluies de Cherbourg* au *Vent de la nuit*, de Rappeneau à Ferreri –, cette inventrice de formes dont j'aime à imaginer qu'elle a appris le cinéma en révisant son Steve McQueen sur le bout des doigts, essayant à dix ans de se souvenir du trajet de Garbo à Monroe –, cette spectatrice de cinéma a CHOISI la légèreté contre la lourdeur, l'émotion contre le pathos, le romanesque contre le romantisme, la forme droite contre le kitsch.

Un seul exemple : revoyez la scène de la chambre d'hôtel dans *La Sirène du Mississippi*. Le récit droit que fait Deneuve-Marion de son enfance, des concours de masturbation dans les dortoirs des maisons de correction. Sans que l'actrice ne souligne rien, tout y est : crudité, violence, brutalité, blessures et rage, un éloge scandaleux de la délinquance. Comment ne pas aimer une telle femme ?

C'est quoi devenir un adulte ? À douze ans, je regardais mes parents et grands-parents se pâmer devant telle actrice au jeu tragique. Je fronçais tout mon visage. Pour devenir un homme, devais-je désirer souffrir et considérer la vie comme « les montagnes de fange sur lesquelles se tordent les phoques informes » dont Musset parle avec Perdican ? Mais alors, à quoi bon quitter l'enfance ?

Il ne s'agit pas de fuir le malheur dans la sottise ; mais pourquoi donc la souffrance serait-elle plus sacrée que la joie, ou l'ennui, ou la bonne santé ?

C'est ça que le corps de Deneuve, sa voix, sa blondeur insolente clament : que la vie tout entière est précieuse et que rien n'est sacré ; tout est également trivial et heureux, le malheur y compris.

Je pense à Nora, dans *Rois et Reine*… Les héroïnes de cinéma que j'ai aimées souvent traversent le pire. Elles m'apprennent à chasser le chagrin, à vaincre les culpabilités. Seuls ceux qui ont connu le pire savent que le plus précieux, c'est ce que les épargnés jugent futiles : un rayon de soleil, l'élégance, la paix, fuir nos prisons et ne le devoir qu'à nous-mêmes. Peu importe que nous soyons meurtris, nous nous devons de gagner.

Quand Catherine Deneuve prend la main de Nora à l'H.P., son seul geste est une apologie donc une amitié. Catherine Deneuve ne juge personne, elle aime bien admirer… Et c'est la seule condition pour être cinéaste.

Dylan :

« Elle est froide, non ? »

Mais elle a joué les films les plus brûlants qui soient !

« Oui, mais elle ne joue pas vraiment… »

Tout est là. Je me souviens de Bob Dylan dans le film de Pennebaker, devant un journaliste odieux : « *Sure, I'm a better singer than Caruso.* » Comme Dylan, Catherine Deneuve ne joue pas les règles du jeu. Elle n'a jamais joué aucune règle du jeu. Et elle a gagné la partie à plate couture. Sans forfanterie, sereinement, magnifiquement inacceptable. La Stendhal du jeu de l'acteur.

Dans ses manuscrits, Henri Beyle raturait chacune de ses phrases qui avait le mauvais goût de faire douze pieds ; il préférait retrancher un peu, ou ajouter une conjonction fade, pour obtenir neuf pieds ou treize plutôt que la pompe d'un alexandrin et son hémistiche attendu.

Voilà comment joue Catherine Deneuve.

Certains films sans une rature, comme écrits au crayon d'un seul jet, faisant son miel de ce côté brouillon. D'autres films travaillés infiniment, avec une précision géniale pour effacer chaque trace d'académisme, et trouver le sel de la vie. Le sel de la vie, pour Deneuve, ce n'est pas le naturalisme, c'est la netteté. C'est que Deneuve est aussi une des plus grandes critiques de cinéma ; et chacun de ses rôles est comme son point de vue sur ce qui fait beauté dans le film qu'elle accepte.

Je crois qu'il n'y a pas d'autre cinéaste qu'elle qui ait compris plus intimement la beauté d'Hitchcock, l'importance de Melville, la malice de Buñuel et la fièvre de Cocteau. Pour Deneuve, c'est tout simple. Ainsi, elle a su permettre les plus beaux Truffaut et les plus beaux Demy.

Depuis que Deneuve compte, le cinéma ne peut plus se filmer pareil. Voilà. Cette femme a tout changé. Elle a nettoyé nos yeux, parce que sa pensée du cinéma, au-delà de son travail d'actrice, sa pensée de ce que le cinéma doit se souvenir d'être est une pensée immense. À l'égal de Bresson, Godard, Truffaut, Scorsese. Et son intransigeance fut si radieuse que nous aurions pu ne pas la voir ! Les films que nous voyons aujourd'hui, chinois, américains, français, sont différents parce que Deneuve a voulu changer le cinéma, et que son art intransigeant, dans un sourire, a tout bouleversé.

Un plan de *Dancer in the Dark* : Catherine Deneuve assise dans un coin. Le metteur en scène lui demande *off* d'aboyer. Elle : « *I don't want to bark !*… (*un temps, puis réticente* :) Ouah ! » À la fois pudique et d'une insolence entière : irrécupérable…

L'œuvre de Catherine Deneuve est irrécupérable. Chacun de ses films est un petit bloc, une pierre, qu'il nous faut accepter pour construire encore et toujours les fondations d'un cinéma moderne : celui qui saura aimer le cinéma classique sans affectation. Parce que, si le cinéma, des frères Lumière à 2004, n'est pas encore et toujours un art trop jeune, incurablement classique, à quoi bon ?

À tous les rendez-vous politiques, la libération de l'Algérie, la libération des femmes, la libération des prisonniers, sans pose aucune, Deneuve fut présente. Pas de hasard ; un grand artiste désire la liberté comme il respire.

Oui, Catherine Deneuve est un des plus grands réalisateurs français. Et la figure malicieuse de la rébellion la plus radicale : être fidèles à nos enfances. *Never complain, never explain*. Notre Bob Dylan français.

Catherine Deneuve
Arnaud Desplechin

Une certaine lenteur

Entretien

Catherine Deneuve : C'est sérieux ce qu'on va faire ?

Arnaud Desplechin : C'est sérieux. C'est pour *Film Comment...*

C.D. : Mais je ne lis pas *Film Comment* ! Je connais de nom mais...

A.D. : C'est un peu comme les *Cahiers* aux États-Unis. C'est rigolo...

C.D. : Rigolo ?! Je ne lis pas les *Cahiers* non plus ; je les achète mais je ne les lis pas. Ce sont vraiment des magazines qui sont faits pour les scénaristes, les metteurs en scène, les auteurs... Des gens qui réfléchissent sur le cinéma, qui pensent le cinéma. Mais ce n'est pas fait pour des gens comme moi. Peut-être que ça m'intéresserait de lire des choses sur certains films, mais des années plus tard, sinon... En vérité, je ne lis pas beaucoup de choses sur le cinéma, je préfère aller au cinéma.

A.D. : Moi, je lis les *Cahiers* depuis que j'ai seize ans.

C.D. : Pour moi, il y a deux choses. Il y a l'action, et il y a la réflexion. Et je me rends compte que je suis toujours dans l'action. Je lis lentement, et ça me prend du temps. Alors, cette heure et demie-là, je préfère aller voir un film, une reprise, n'importe quoi.

A.D. : Mais alors, à vos débuts, cette aspiration au cinéma, elle passait par les conversations ?

C.D. : Oui, bien sûr, mais ce n'est pas du tout pareil.

A.D. : J'ai été très frappé en lisant les listes techniques de vos premiers films, il y a beaucoup de gens qui sont liés à la Nouvelle Vague... Doniol-Valcroze, Vadim, Delerue, Coutard... À l'époque, ils n'aimaient pas converser sur les films ?

C.D. : Oui, mais pour ces gens, qui faisaient ce cinéma-là, mmh... Ils ricanaient plutôt que de parler avec un ton sérieux.

A.D. : C'est-à-dire ?

C.D. : Eh bien à la fois par pudeur, et parce que je pense qu'ils étaient aussi plus dans l'action.

A.D. : Vous n'alliez pas à la Cinémathèque ?

C.D. : Si, si, un peu. Mais d'abord je n'ai pas été au cinéma si jeune que ça. Je crois que l'un des premiers films que j'ai été voir, ça a dû être *Quand la marabunta gronde (Naked Jungle).* Ça m'avait tellement impressionnée ! J'étais petite... Vous ne connaissez pas ? ! Ce sont des fourmis qui dévorent tout. C'est un très beau film, en Technicolor, avec Eleanor Parker, une rousse américaine très belle, et Charlton Heston. C'était un film d'aventures américain très romanesque. Je me souviens de ce film-là parce que c'est l'un des premiers films que j'ai vu – celui-là et un autre : *La Fille du fleuve,* avec Sophia Loren. On la voyait dans une rizière, un peu comme Silvana Mangano dans *Riz amer* – un film très beau, très réaliste, où elle perd son enfant... J'ai attendu d'avoir un amoureux très cinéphile pour aller au cinéma. Je n'ai pas été de moi-même au cinéma, comme ça...

A.D. : Donc vous n'étiez pas cinéphile quand vous avez fait vos premiers films ?

C.D. : Si, j'avais déjà vu beaucoup de choses. J'ai eu un amoureux très jeune, donc j'ai commencé à voir des films intéressants à quinze ans. À peu près en même temps que j'ai fait *Les portes claquent*.

A.D. : Mais avant, vous n'alliez pas beaucoup au cinéma ?

C.D. : Très peu. On était une famille qui ne sortait pas beaucoup.

A.D. : Pourtant vos parents sont tous les deux acteurs ?

C.D. : Oui, mais mon père travaillait beaucoup. Ma mère nous élevait très normalement et très sérieusement, et le cinéma ne faisait pas partie de notre vie familiale... Oui, mon père faisait du théâtre et du doublage ; mais à part des amis à lui qui étaient acteurs de théâtre et qu'on voyait parfois en week-end ou en vacances, on ne vivait pas du tout dans ce milieu-là.

A.D. : Et vous n'alliez pas tellement au théâtre non plus ?

C.D. : Non, pratiquement pas.

A.D. : Votre mère y allait ?

C.D. : Ma mère allait au théâtre, et elle en a fait. Elle était doyenne de l'Odéon à moins de trente ans ! C'est qu'elle y était entrée enfant. Et ma grand-mère était souffleuse à l'Odéon ! Ça je l'ai appris assez tard d'ailleurs. Non, je n'allais pas au théâtre, très peu. Bien sûr, j'ai été voir ma sœur, Françoise Dorléac, quand elle a joué *Gigi* mais on n'allait pas beaucoup au théâtre. On ne sortait pas beaucoup.

A.D. : Vous avez deux sœurs qui ont commencé à jouer avant vous…

C.D. : Non. Ma petite sœur Sylvie, elle a fait ça comme ça, pendant les vacances. Elle a joué dans ce film qui s'appelait *Les Petits Chats*. Moi, j'ai juste fait de la figuration deux fois, avec elle. Et elle avait aussi un petit rôle dans *Les Collégiennes*. Et là aussi, quand je n'allais pas au lycée, pour gagner de l'argent de poche, j'étais apparue dans le film. L'assistant d'André Hunebelle m'avait remarquée. Je lui avais dit : « Vous devriez parler à ma mère. » Je devais avoir treize ans à l'époque.

A.D. : Vous disiez avoir commencé à vous intéresser aux films…

C.D. : Un petit peu plus tard, vers quatorze, quinze ans. Je me souviens, parce que ça m'avait beaucoup marquée d'avoir vu *Ivan le Terrible*.

A.D. : C'était à la Cinémathèque ?

C.D. : Non. C'était rive gauche, et pour moi c'était comme si j'avais changé de pays – parce que, pour nous, changer de quartier, c'était vraiment !... Et comme mon amoureux habitait rive gauche, on a été voir ça dans un cinéma qui était rue de Rennes, dans mon souvenir.

A.D. : C'était à l'Arlequin, une salle qui appartenait au PC...

C.D. : Oui, à l'Arlequin. Mon amoureux était assez jeune, très communiste, très objecteur de conscience, tout ça. Nous allions voir des films aussi dans cette salle que j'aimais bien, le Mac Mahon.

A.D. : Les films américains : le carré d'as, Preminger, Lang, Walsh, Hawks... Et vous regardiez plutôt les actrices ou les réalisateurs ?

C.D. : Non, les films. Les acteurs ne m'ont jamais emballée, curieusement. Ça a toujours été le film d'abord – à l'exception de Marilyn Monroe. Je n'ai jamais été fan d'acteur ou d'actrice. Je serais plus fan aujourd'hui de certains acteurs. Mais adolescente, quand j'ai commencé à faire du cinéma, je n'étais pas du tout fan... Je me suis toujours sentie un peu en marge. Du fait que j'aie commencé le cinéma par hasard. Que c'est ma sœur qui ait commencé à faire du théâtre, donc la voie classique. Puis du cinéma. Que j'aie fait mon premier rôle vraiment à côté d'elle, et je jouais sa sœur... Tout ça fait que je me suis toujours sentie un peu à côté, jusqu'à ce que je rencontre Jacques Demy. C'est là que j'ai réalisé que le cinéma, ça pouvait être autre chose. Quand j'ai eu un rapport différent, avec quelqu'un qui me voulait vraiment moi, pour ce film, qu'il ne s'agissait plus d'un hasard. Demy m'avait vue dans un film qui s'appelait *L'Homme à femmes* avec Danielle Darrieux.

A.D. : Il vous avait proposé *Les Parapluies de Cherbourg* bien avant le tournage. Le film avait dû être reporté…

C.D. : Oui, le film avait dû être reporté parce que j'étais enceinte. Mais avant cela, Jacques a eu beaucoup de mal à monter le film…

A.D. : Vous aviez déjà fait le Marc Allégret, mais c'était un petit truc, et le Pierre Kast.

C.D. : Oh, le Pierre Kast, c'était un petit rôle. Voilà : pour moi, c'est le film le plus Nouvelle Vague que j'ai fait ! Il y avait Doniol-Valcroze, Aptekman, Françoise Arnould, Françoise Brion… C'est là que je me suis rendu compte que j'étais enceinte. Je devais avoir dix-neuf ans à peine.

A.D. : Mais c'est seulement à partir des *Parapluies* que le cinéma devient votre passion.

C.D. : Oui. Je crois que le fait que ce film était musical a beaucoup compté. Le fait qu'il ait été si difficile de trouver des fonds pour produire ce film, que la préparation ait duré longtemps... On l'a réalisé avec des petits moyens. Et je pense que ça a servi le film. Il a fallu trouver des idées très très ingénieuses. On a appris le film avant de commencer le tournage, puisque tout le film était en play-back. Donc j'ai passé beaucoup de temps avec Jacques. J'ai assisté à tous les enregistrements. Après j'ai travaillé avec la musique du film. Et puis j'étais enceinte, donc il a retardé le film. Je l'ai tourné juste deux mois après mon accouchement.

A.D. : Au-delà du travail d'actrice, vous avez accompagné le travail de réalisation...

C.D. : Absolument, parce que la préparation représentait vraiment la moitié du film. Entre la musique, les paroles, et l'enregistrement des deux... C'était un film qui existait déjà avant d'être tourné. Je me souviens qu'en entendant la musique, on était tous extrêmement bouleversés alors qu'il n'y avait pas encore les images. Oui, Jacques Demy, ça a été une rencontre... C'était quelqu'un de très exigeant, mais très timide, et rieur aussi. Il avait quelque chose de très têtu et en même temps de très léger. Je me suis retrouvée tout à fait dans cette façon de travailler. Le fait que c'était assez insensé à faire, ça m'a beaucoup plu : le fait que c'étaient des choses qui sortaient vraiment de l'ordinaire. Ce côté insolite m'a plu. Et puis je crois que je me suis sentie à ses yeux indispensable pour le film. Je me suis rendu compte que le cinéma, ça pouvait être ça : des rencontres avec des gens qui veulent faire des choses singulières. Comme le film a marché – le film n'aurait pas marché, je pense que ça aurait été différent –, c'est devenu une confirmation, une évidence que c'était ça le plus important : faire les choses qu'on a envie de faire avec les gens en qui on a confiance, et qui ont des idées qui ne vous paraissent pas trop conventionnelles...

Pour moi, il y a vraiment eu un truc qui s'est déchiré quand j'ai tourné avec Jacques. Vraiment quelque chose s'est passé dans le rapport qu'on peut avoir avec le film.

A.D. : Vous saviez ce que vous auriez fait si les choses avaient tourné autrement ?

C.D. : ... Je pense que j'aurais aimé être architecte. Oui, des choses que plus tard, j'ai souhaité que mes enfants fassent. Archéologue – évidemment, ça n'a rien à voir avec actrice ! Je trouve que c'est absolument passionnant, fascinant, alors j'ai essayé de les pousser... Surtout mon fils, parce qu'il était très méticuleux, très soigneux. Ma fille me dit maintenant : « Tu as essayé avec moi, mais pas longtemps. » (C'est vrai qu'avec Chiara, c'était plus difficile.) Mais j'ai essayé de les pousser vers ça. Ça, ça m'aurait plu : anthropologue, ou architecte… (*Elle réfléchit encore, et éclate de rire.*) Non ! Sans doute je n'aurais rien fait du tout ! J'aurais épousé mon amoureux, qui était parti à la guerre d'Algérie. Je me serais mariée très jeune, j'aurais eu des enfants, et j'aurais divorcé trois ans plus tard, ça c'est sûr ! Et puis, c'est tout.

A.D. : Bon, je me lance. Vous savez mon hypothèse sur vous, je vous l'avais dite un jour.

Si je regarde tous vos films, je vois un trait singulier que je ne saurais prêter à d'autres acteurs, c'est qu'il y a là d'abord un *geste d'auteur*. Sans considérer que ce soit plus ou moins noble qu'autre chose. Mais, au-delà de l'excellence de votre jeu, la cohérence entre tous vos films, pour moi, c'est d'abord votre regard, votre point de vue. Comment décrire un auteur, je ne sais pas ! C'est un tempérament, une morale esthétique, ou érotique. Comment il regarde les choses…

C.D. : Oui, voilà, c'est ça : un regard.

A.D. : ... Pour moi, il y a dans tous vos films la marque sûre d'un auteur. Oui, ce qui me frappe plus encore que les performances – mais je pourrais parler de votre performance dans le Gaël Morel, par exemple, pendant des heures !... – c'est ce dessin singulier, ce trait, qui me fait vous classer très simplement parmi les quelques auteurs séminaux du cinéma moderne.

C.D. : C'est-à-dire que j'ai eu la chance de... Je crois que j'ai toujours été de ce côté-là. Peut-être que, comme je n'ai pas fait d'école, que je n'ai pas travaillé avec des acteurs, que je n'ai rencontré des acteurs que sur les films – je n'ai jamais eu vraiment d'amis acteurs, sinon ma sœur – j'ai toujours été du côté du metteur en scène ou du scénariste. Je ne l'ai pas choisi, ça s'est fait comme ça.

A.D. : Je vous imagine enfant. Vous parliez de votre passion pour Marilyn, une passion de cinéphile. Plus tard, quand vous choisissez d'être blonde, c'est un geste qui me passionne – enfin, on fait les choses par hasard, l'important, c'est comment on re-saisit tout ça après...

C.D. : C'était un geste amoureux...

A.D. : Encore mieux... Je pense au personnage de Monroe, parce que je viens de finir le livre de Schneider sur Monroe.

C.D. : Vous n'avez pas lu celui de cet horrible garçon, Forestier ? C'est un type épouvantable.

A.D. : Oh ! non.

C.D. : Moi, je n'ai pas lu celui de Schneider. J'ai lu peu de livres sur elle.

A.D. : Il y a dans ce geste de se teindre les cheveux, puis d'en jouer, une ambiguïté. Est-ce une rébellion à la Monroe, un rêve à la Demy, un classicisme hitchcockien ?... Comme la question qu'un jeune cinéaste se poserait à lui-même : à quoi ça sert le cinéma... ?

C.D. : Le cinéma, ça m'a aidée à grandir, ça c'est sûr. C'est-à-dire à devenir une jeune femme. J'étais vraiment très ignorante de beaucoup de choses. Encore une fois, le fait d'être dans une famille nombreuse, on n'imagine pas à quel point ça change les relations au monde extérieur. Comme une famille nombreuse se protège de beaucoup de choses, en même temps elle est fermée à beaucoup de choses. Quand je m'en suis rendu compte, c'est ça aussi qui m'a donné envie de partir. Ça m'a semblé un peu inquiétant, donc je suis partie de chez moi assez jeune.

A.D. : Votre mère venait du théâtre classique, et votre père jouait plutôt du boulevard.

C.D. : Ma mère a fait beaucoup plus de classiques parce qu'elle était à l'Odéon. Elle partait en tournées en Amérique du Sud.

A.D. : Et vous rencontrez assez jeune, Kast, Varda, Demy, Chabrol...

C.D. : Chabrol, ce n'est rien du tout. Je vais vous dire ce qui s'est passé. Il voulait faire un court-métrage, et c'est Stéphane Audran qui devait tenir le rôle. Il voulait absolument une femme enceinte pour jouer la femme de Francis Blanche pour *Les Plus Grandes Escroqueries du monde*. Stéphane a accouché une semaine plus tôt que prévu. J'étais enceinte en même temps qu'elle et j'ai accouché une semaine après, donc j'ai tourné enceinte de presque neuf mois. Il ne s'agissait que de deux jours.

A.D. : Mais entourée de tous ces gens – et je pense aussi à Polanski ou Rappeneau – est-ce que le cinéma vous apparaît à l'époque comme un champ de bataille entre les Anciens et les Modernes ?

C.D. : Non, ça je ne me rendais absolument pas compte – parce que je n'ai jamais vécu dans ce milieu-là. J'ai toujours été une amoureuse qui avait une vie très privée – enfin le plus possible – et je faisais les films que je choisissais. C'étaient deux choses à part que je ne mélangeais pas. Je ne mélangeais pas non plus mes amis, et je travaillais. Mais je ne vivais pas du tout dans le milieu du cinéma finalement.

A.D. : L'expérience de vivre à Londres, avec Polanski – la révolution pop – vous a plus marquée que la guerre des Modernes en France, finalement ?

C.D. : C'était drôle parce qu'on était trois Français : Roman – bien qu'il soit polonais, il parlait français tout le temps –, Gérard Brach et moi. On était vraiment les Trois Mousquetaires. Sur le film, tous les autres étaient anglais. Et à l'époque déjà, pour les Anglais, vous savez, tout ce qui n'est pas anglais... Bon, Roman savait très bien se faire respecter avec les techniciens, il ne se laissait pas faire. Mais c'est vrai que, comme nous parlions français, on se voyait tout le temps. Et tous les trois, on a vécu le film un peu à part, dans une atmosphère assez particulière. Nous étions un noyau au milieu de l'équipe.

A.D. : Comme pour le Demy, *Répulsion* est encore un film qui demande une proximité entre le metteur en scène et l'acteur. Où il ne s'agit pas de manipuler celui qui est devant ou derrière la caméra. C'est un film qu'on ne peut faire qu'ensemble...

C.D. : Oui, on a fait le film ensemble. Je me sentais très très proche de Roman. Le fait qu'il n'était pas anglais jouait beaucoup évidemment. Gérard était là tout le temps sur le film ; lui ne parlait pas un mot d'anglais... Oui, c'est ce film-là que j'ai l'impression d'avoir fait. Ce film que nous partagions à trois. Alors que les producteurs, bon, c'étaient des producteurs de films porno, c'était un film à petit budget, pour l'équipe, rien de bien important... Avec Roman, ça a été une expérience très importante pour moi.

A.D. : C'est un rôle terrible, la psychose de cette jeune femme. Si je pense à quelques autres rôles : dans *Belle de jour*, *Tristana*, *Liza*, eh bien, il faut y aller ! Vous n'aviez pas froid aux yeux. Si on regarde votre carrière...

C.D. : Une « carrière », ça n'existe pas pour moi.

A.D. : Un autre acteur aurait accepté le rôle *parce qu*'il est scandaleux, qu'il a valeur de scandale.

C.D. : Ah non, pour moi, pas du tout…

A.D. : Alors que ce qui me frappe dans vos performances, c'est que l'actrice accepte le rôle parce qu'elle pense que, dans le fond, le rôle n'est peut-être pas si scandaleux. Ou que le scandale est aussi une part de la vie.

C.D. : Oui, absolument, c'est vrai, c'est ça ! J'acceptais parce que ça me semblait intéressant, et normal… Je me souviens d'avoir rencontré un journaliste à Los Angeles, quand le film *Les Voleurs* de Téchiné est sorti, qui m'avait dit : « Vous ne vous rendez pas compte de la chance que vous avez en Europe, vous les actrices. Jamais une actrice américaine ne pourrait accepter de jouer un rôle de lesbienne comme ça dans un film, à un certain âge, à un certain stade de sa vie ou de sa carrière. C'est trop risqué. » Chose qui n'existe quand même pas en Europe… C'est vrai que moi, ça a toujours un peu zigzagué. Peut-être accepte-t-on mieux de moi des choses qu'on n'accepterait pas de quelqu'un d'autre parce qu'on dirait : « Tiens, c'est bizarre qu'elle ait fait ça. » De moi, on l'accepte, j'ai des choix qui zigzaguent. De toute façon, après *Belle de jour*, ça a ouvert une porte tellement étrange que beaucoup de choses pouvaient s'engouffrer par là. *Belle de jour*, c'est un film qui a beaucoup crû avec le temps. À sa sortie, le film a bien marché, il a eu de très bonnes critiques, des prix à Venise et tout ça, mais c'est après que c'est devenu un film mythique, assez culte. Et ce personnage est devenu un peu une espèce de symbole, une héroïne particulière. Et comme c'est moi qui l'interprétais, qui ai prêté mon visage, on me prête plus de choses qu'on en prêterait à une autre.

A.D. : J'ai la faiblesse de préférer un peu *Tristana*...

C.D. : Moi je préfère beaucoup *Tristana* à *Belle de jour* !

A.D. : J'ai l'impression que vous jouez Tristana pareil que Marie dans *La Vie de château*. Non, je m'exprime mal. Les deux personnages sont très différents, mais vous ne tirez pas la première vers le gothique. Et, à l'inverse, vous soulignez le côté fantasque de la deuxième.

Et les deux personnages ont en commun cette élocution, votre regard sur la vie, ou sur la fiction, ce que j'appelais la marque de l'auteur.

C.D. : Peut-être que c'est une incapacité à faire autrement. Peut-être que c'est un choix qui n'est pas vraiment un choix. Peut-être que c'est une impossibilité à faire autrement que ça.

A.D. : Mais la performance de Tristana est stupéfiante à bien des égards ! Les sauts que fait le personnage. Du deuil à l'innocence, soudain, la joie. Soudain, le désespoir. Puis, l'amertume. C'est un trajet !...

C.D. : Oui, c'était un tournage assez particulier. Et c'est rare de jouer un personnage qui traverse autant d'états.

A.D. : Parmi les rôles scandaleux, je voudrais revenir sur *Les Parapluies*...

C.D. : Il y a beaucoup d'ambiguïtés dans *Les Parapluies* : la relation de ma mère avec ce bijoutier... Il y a beaucoup de choses comme ça assez troubles. Alors évidemment avec la musique et les voix très gracieuses, il y a des choses que l'on peut entendre tout à fait différemment.

A.D. : Une chose me touche beaucoup dans ce film. Souvent, au cinéma, un personnage doit éprouver des sentiments absolus, pour avoir le droit d'être un héros. Il doit cacher ses sentiments triviaux. Cela m'enchante que rien ne soit masqué chez Geneviève, qu'elle soit une tête de linotte. Elle est enceinte, elle est jeune, et elle déteste son amant parce qu'elle s'ennuie. Bien sûr, son amant risque la mort. Mais c'est horrible aussi d'avoir dix-sept ans et que personne ne vous emmène au café. C'est la trivialité de son sentiment qui est inouïe.

Une autre actrice et un autre réalisateur auraient demandé au personnage qu'elle donne au spectateur des preuves de son absolu. Or, à moi, elle me donne des preuves de son relatif ; ce qui est bien plus émouvant.

C.D. : C'est beaucoup Demy ! C'est toute une façon de filmer, c'est une certaine hauteur de regard par rapport à une certaine situation.

A.D. : Comment Kazan aurait filmé cette héroïne triviale, et qui n'est pas une idiote ?

C.D. : C'est drôle que vous parliez de Kazan parce que lorsque j'ai revu *Les*

Parapluies il y a quelques années – Jacques n'était plus là déjà – ça m'a frappée : c'est exactement la fin de *La Fièvre dans le sang*, qui est un film que j'adore. C'est l'une des plus belles histoires d'amour que j'aie vues au cinéma. Et la fin, c'est exactement la même scène que *Les Parapluies*. Lui est dans la ferme, avec sa salopette, sa femme, l'enfant, et elle revient... Ça m'avait émue de voir ça, mais je n'ai jamais pu en parler avec Jacques parce que je l'ai vu trop tard. Sur la folie du sentiment amoureux, je trouve que c'est l'un des films les plus fous, les plus audacieux. Surtout un homme, faisant parler, jouer, vivre une jeune femme, comme ça !

A.D. : Vous aimez bien Lee Remick ?

C.D. : Ah oui ! J'aime beaucoup Lee Remick. Dans *Wild River*, avec Monty Clift, vous vous souvenez ? ! Mais dans *Splendor in The Grass*, il y a une telle folie amoureuse. L'idée qu'aimer peut vous rendre fou. C'est ce qui se passe : on devient fou !... D'arriver à donner ça, de faire jouer des acteurs comme ça. Et c'est une très jeune femme ! Jusqu'à la voir partir à l'hôpital, parce qu'elle est en train de mourir d'amour, elle veut mourir !... C'est un film qui m'a bouleversée.

A.D. : Geneviève est très jeune aussi dans *Les Parapluies.*

C.D. : Oui, et c'est assez important. Ils sont tous les deux très jeunes.

A.D. : Bien des choses que l'on fait jeune, comme ces personnages de Kazan ou des *Parapluies*, on les fait par hasard, ou pour des raisons triviales...

C.D. : Bien entendu...

A.D. : Mais c'est la re-saisie de tout ça, la signification qu'on lui accorde avec le temps, comment on en joue qui transforme des choix triviaux en choix artistiques.

C.D. : Oui, je suis bien d'accord.

A.D. : Alors, une chose me frappe : comme vous choisissez, par amour disiez-vous, votre couleur de cheveux comme une affirmation, vous vous choisissez aussi un nom, Deneuve. Le nom de votre mère.

C.D. : Ce n'était pas possible d'avoir le même nom que ma sœur Françoise. Enfin, c'est ce qui s'est dit à l'époque dans la famille. Françoise a fait le Conservatoire, elle jouait au théâtre. Et moi, comme je n'étais pas du tout sûre de continuer à faire ça. C'était pour ce premier film, mes parents ont suggéré… le nom de ma mère. Ce n'est pas moi qui ai choisi. Si c'était à faire, je ne le referais pas ! J'aime beaucoup ma mère, mais je n'aime pas trop son nom de jeune fille. Il est imprononçable, ce ne sont que des lettres fermées… Je préfère mon vrai nom.

A.D. : Pour moi, ça sonnait comme une déclaration d'indépendance. S'inventer un nom !

C.D. : Je n'ai rien inventé ! Ma mère m'a dit : « Tu vas prendre mon nom de jeune fille. » J'ai dit : « Oui, d'accord… » Ce n'était pas une chose définitive pour moi. C'était comme ça, pour ce moment-là. Je ne pensais pas du tout continuer à faire du cinéma. Ma tête était beaucoup plus prise ailleurs.

A.D. : Difficile de faire cet entretien pour *Film Comment*… C'est une revue américaine, alors je devrais vous poser des questions sur la méthode, l'invention de tel personnage, comment vous avez trouvé tel geste. Mais vous avez déjà répondu un jour – et cela m'émeut beaucoup : « Mon rapport au personnage, ce sont des choses mentales qu'il ne faut pas formuler. Ce serait impudique. Et puis, la part la plus décisive de mon travail sur un personnage intervient au moment même où l'on tourne. C'est un moment si éprouvant, si tendu, qu'il me faut des portes coupe-feu dès que je quitte le plateau. Une fois dans ma loge ou à l'hôtel, je reprends mes distances, parce que l'état dans lequel je suis durant les prises m'épuise trop. »

C.D. : C'est vrai au moment où je tourne, j'ai une faculté à me concentrer très vite, mais ça m'épuise. Ça me met dans un état ! Un état de transe. Alors, soit un truc de transe assez calme ; ou alors un truc de somnambulisme...

A.D. : Emmanuelle Devos m'a dit ça une fois. Souvent les gens nous demandent : comment vous fabriquez un personnage. Alors, bien sûr, il y a toute une préparation avant...

C.D. : Moi pas.

A.D. : Mais finalement, la part ultime, ce que le spectateur va voir, ce sont les cinq pour cent qu'il reste. Ces cinq pour cent, c'est ce qui se passe durant le temps de la prise. Qui est un temps absolu. Et de ça, on ne peut pas parler.

C.D. : C'est vrai qu'il se passe sans doute des choses avant : donc il se passe des choses inconsciemment, d'autres consciemment... Moi, ce serait plutôt de l'ordre des flashes. Je me sens incapable de travailler seule – un film, un rôle –, sans metteur en scène, avec quelqu'un comme un coach. Mais ça ne correspond pas du tout à l'idée que je me fais de ce que devrait être un personnage au cinéma. J'ai absolument besoin d'être imprégnée de ce qui va se passer sur le plateau, de la journée, de l'endroit où on est, de la lumière... J'ai besoin de savoir ce qui s'est passé avant dans le film. Ce qui me paraît la chose la plus importante, c'est d'être reliée au personnage par rapport à ce qu'on est à ce moment-là dans le film – puisque souvent on ne tourne pas dans l'ordre, malheureusement. J'ai besoin de me relier à ça. C'est pour ça que j'aime bien faire la mise en place, c'est parce que c'est le moment où ça se déclenche quand même. Peut-être aussi parce que je n'ai pas fait non plus de rôles de composition. Même *Tristana*, qui me demandait pas mal de composition. Mais on parlait avec Buñuel, je le voyais en dehors du tournage – ce qui ne s'est pas du tout passé sur *Belle de jour* –, on dînait ensemble... Avec André Téchiné, c'est un peu comme ça aussi. On dit : « Il faudrait qu'on se voie... » et on se voit, mais on parle toujours d'autre chose. Et bien qu'on ait parlé d'autre chose, il y a quand même quelque chose qui sort, ou qui se met en place. On a une autre conversation, mais en même temps on sait ce qui nous entoure, pourquoi on est là, les questions sont bien présentes dans nos têtes. Mais ce n'est jamais direct. Non, ce n'est jamais direct.

A.D. : Dans vos notes de tournage, sur *Tristana*, vous racontez que vous commencez le tournage par une scène d'amertume, dans le couloir. C'est vous qui vous occupez de vos costumes, et de votre maquillage. Buñuel est ailleurs, en train de tourner une autre scène, et vous vous faites un visage de fantôme...

C.D. : À Buñuel, je lui avais parlé de la méchante reine de *Blanche-Neige* ! En plus, Buñuel c'est particulier parce qu'il est très pudique et qu'il aimait beaucoup parler des choses en plaisantant. Mais Truffaut, c'est pareil. Sur les tournages, il ne me parlait jamais d'une façon très directe.

A.D. : Sur le même film, vous mentionnez la phrase que Buñuel vous dit dans la scène du balcon : pas de psychologie. C'est une scène historique ! c'est à propos de cette scène qu'Hitchcock avait envoyé un mot à Buñuel pour lui dire son admiration. Qu'il était jaloux d'un tel plan. Eh bien, sur une scène aussi scabreuse, aussi choquante, il y a des choses que la psychologie ne peut pas raconter. Alors, vous et Buñuel, vous rigolez comme des bossus…

C.D. : Mais oui ! Il y a un moment, il faut accepter que l'image soit plus forte que vous, que les intentions qu'il y met lui seront plus fortes que vous…

A.D. : Mais la performance est incroyable !

C.D. : La performance, précisément pour ça, c'était l'idée d'être extrêmement perméable, ouverte, sans aucune arrière-pensée, vous voyez. Quand il me dit : « Vous souriez… », l'idée, c'était d'être la plus immuable, mais la plus souriante aussi, et de ne surtout pas mettre d'intention derrière. Il y en avait déjà assez ! Ce qui s'imprime, c'est autre chose. En même temps, Buñuel était extrêmement pudique. Et on sentait même qu'avec les acteurs c'était... Je souffrais un peu pour lui. On sentait bien que ce n'était pas le moment qu'il préférait. Il fallait en passer par là ; pour que le film existe, il faut des acteurs pour jouer les rôles – mais c'était très sommaire ce qu'il disait. C'est plutôt ce qu'il disait en dehors du film, ou ce qui était écrit... Mais ce que lui pouvait dire de ça, il fallait vraiment essayer d'imaginer, de le deviner. Il était très bourru dans sa façon de parler. Ça me faisait rire d'ailleurs.

A.D. : Un trait qui me semble appartenir plus au cinéma qu'au théâtre, à la cinéphilie qu'aux acteurs : vous avez tourné très jeune avec des réalisateurs très importants. Parfois, bien plus âgés, comme Buñuel, Melville ou Oliveira. D'autres comme Polanski, mais d'une puissance énorme. Pourtant, parcourant votre carrière, je n'ai jamais le sentiment d'une filiation mais plutôt d'un système de fratries.

C.D. : Ça, je crois que c'est mon côté masculin. C'est la partie masculine en moi.

A.D. : Sur le plateau, Buñuel commence à changer la scène, la rend plus scabreuse. Vous ajoute une réplique muette : « On ne couche pas ensemble maintenant, mais reviens demain. » L'acteur est perdu. Et vous vous amusez.

Je pense aussi à un plan dans *Dancer in the Dark*. Votre personnage boude dans un coin du théâtre, vous dites : « Je ne veux pas faire le chien. » Et hop, vous aboyez quand même. Vous boudez, mais vous le faites quand même. Il n'est pas question de soumission, mais de dialogue.

C.D. : Ce serait très difficile d'expliquer ce qui s'est passé à ce moment... Parce que, en vérité, je n'étais pas supposée aboyer. Et puis c'est vrai que je me suis souvenue que je l'avais fait pour

Liza. C'est moi qui fais les aboiements au doublage. J'ai joué le chien. Alors, j'avais dit à Ferreri : « Puisque j'ai fait la chienne, je vais faire le chien ! » Alors, j'avais doublé les aboiements du chien. Tiens, j'étais enceinte de Chiara quand j'ai fait ce film-là… Alors, avec Lars von Trier, je ne sais pas ce qui s'est passé. Il y a dû y avoir un truc, une petite audace… Moi qui ne suis pas une fille très audacieuse… En vérité, je crois qu'il faut beaucoup de confiance pour pouvoir faire ça… Il faut pouvoir se dire : « Je sais inconsciemment que si ça ne va pas, il ne le mettra pas. »

Moi, ce qui me fait le plus peur quand je suis avec des metteurs en scène, quand je ne me sens pas bien, c'est de me dire : « Ils n'ont pas de point de vue, ils ne savent pas exactement, ils ne pourront pas juger… » Je ne peux pas me donner entièrement parce que je sais que je ne serai pas rattrapée. Donc si je fais ça, ce sera là. Pour moi, c'est le plus terrible. C'est de ne pas faire confiance, c'est de me méfier. Je me garde, alors que j'ai plutôt vraiment envie de me donner quand je tourne. Mais c'est vrai que pour me donner, il me faut une impression de confiance très grande. Et ça peut tenir à des choses qui n'ont rien à voir ni avec l'âge ni avec l'expérience. Quelque chose de l'ordre de l'intuition.

A.D. : Sinon, il faut avoir du goût pour deux.

C.D. : Si je me rends compte que le metteur en scène et moi, on n'a pas le même goût, alors là je me rétracte comme un coquillage. C'est terrible. C'est ça le danger pour les acteurs, en général. Le plus grand danger, c'est d'avoir peur, ou en tout cas de ne pas faire assez confiance pour se lancer dans des directions... À qui je pense quand je dis ça ? Je pense plutôt à des acteurs plutôt qu'à des actrices...

A.D. : J'essaie de continuer cette bascule entre offrir et se rétracter. Je fais un détour : un jour, j'ai pris conscience d'une chose qui me frappait comme un trait moderne du cinéma, c'est l'horreur du kitsch. Pour le spectateur, ça peut aller, le kitsch…

C.D. : Oui, mais pas pour vous !

A.D. : C'est quand même plus joli quand c'est dégraissé. Alors, trois principes antikitsch. Tout d'abord la vitesse. « Deneuve, elle joue trop vite. Truffaut parle trop vite. Godard monte trop vite ». Super ! On ne va jamais trop vite.

C.D. : Téchiné, aussi. Maintenant, c'est fou ! Parfois, je lui dis : « Mais enfin, André, on n'a même pas le temps de comprendre ! » Déjà, je parle assez vite. Mais lui a du mal à supporter même les temps entre les répliques. Il veut que ce soit très rapide, une urgence incroyable, qui s'est accentuée chez lui. Je lui ai dit !

A.D. : Un autre refus kitsch, c'est *Les Parapluies*. Demy, c'est préférer le trivial à la pose héroïque. Geneviève n'a pas besoin d'être abstraite ou victime pour être passionnante.

C.D. : Mais oui, absolument !

A.D. : Un troisième principe, maintenant. J'entendais une émission sur Truffaut à la radio cet été. Il parlait de scénario. Il était irrité par une scène d'ouverture. « Un homme marche dans la rue, il est pressé. » Oui, mais comment sait-on qu'il est pressé ? Et pourquoi l'est-il ? Parce qu'il va aux toilettes, parce qu'il sombre dans la folie ou qu'il est poursuivi par la mafia ? Le risque, c'est de jouer l'adjectif « pressé » au maximum, alors qu'il s'agit d'abord de jouer la scène. Et ce que les spectateurs en verront.

C.D. : Mais oui ! Bien sûr ! C'est vrai que j'ai plutôt envie d'être dans la situation que dans la phrase, ou l'adjectif. C'est plutôt la situation qui me porte.

A.D. : Vous regardant jouer, j'ai l'impression que vous nous dites quelque chose. Et je suis ému par ce que vous dites.

Dans vos carnets de tournage, un jour où vous êtes énervée sur le tournage de Stuart Rosenberg, vous écrivez : « Sa caméra suggestive m'emmerde. »

C.D. : Stuart était adorable, mais c'était un grand mou. Là, c'est même plus une question de lenteur, ni rien. La mollesse, c'est terrible. Il était adorable, je l'aimais bien. Mais ce n'est tellement pas porteur, ça pèse tellement. J'ai un peu souffert. Alors, ajouter une intensité !... En même temps, j'adorais Jack Lemmon qui était un acteur tellement léger, tellement merveilleux. Mais c'était une époque de sa vie difficile...

A.D. : Il y a un rôle que j'aime beaucoup, assez scandaleux, c'est dans le film de Robert Aldrich…

C.D. : Ah oui, avec Burt Reynolds. On m'avait tellement mise en garde contre le réalisateur, « il est misogyne ! il est très dur avec les actrices »… C'est la première fois où j'ai fait un film dans lequel il y avait vraiment deux caméras tout le temps. J'avais discuté avec Aldrich et je lui avais dit : « Mais, si cette place de caméra est bonne pour le plan large, comment est-ce qu'elle peut être bonne pour le gros plan en même temps puisqu'elle est à côté ? » On s'était bien entendus. Je me souviens que ça m'avait frappé parce que je me disais : « Il y en a une des deux qui n'est pas à la bonne place, forcément ! Il ne peut pas y avoir une bonne place pour deux plans différents. » Lui, ce qu'il voulait évidemment récupérer chaque fois, c'était l'intensité. C'est vrai que souvent quand on reprend des gros plans après…

Et c'est vrai que ça se voit dans certains films, c'est terrible.

A.D. : Moi, j'ai peur de la continuité. J'adore les faux raccords dans les films muets.

C.D. : Le cinéma muet, ça n'a rien à voir.

A.D. : Mm. J'aime voir un plan large avec Lilian Gish, un désespoir plein de retenue. Et puis, on s'approche et le désespoir est extrême. Ou l'inverse : le plan large avec les mains qui se tordent, puis le visage plein de retenue.

C.D. : C'est drôle parce que j'ai fait une interview il n'y a pas très longtemps où je disais que je rêverais de faire un film muet. Mais un film moderne. Un film court, moderne et muet. Je crois que c'est vraiment un exercice qui me plairait beaucoup.

A.D. : Téchiné tourne avec deux caméras. Pourtant, il me semble qu'il recherche d'abord la discontinuité.

C.D. : Absolument. Il a commencé à changer sa façon de filmer sur *Ma saison préférée* où il a tourné à deux caméras. Il voulait avoir les deux acteurs en même temps. Il faisait quand même des plans-séquences, très longs, en travelling, et on voit dans le plan les caméras qui se croisent. Alors, il coupe après. Mais c'est quand même très déroutant pour tout le monde de tourner comme ça. C'est compliqué pour l'opérateur. Ça change beaucoup de choses. Il a commencé comme ça. Après, quand on a fait *Les Voleurs*, il voulait faire les gros plans des deux acteurs en même temps – mais plus avec des travellings. Et puis quand il a rencontré Julien Hirsch, quand on a fait *Les temps qui changent*, il est passé à quelque chose d'autre encore.

A.D. : Et Michael Mann, il recherche la continuité ou la discontinuité ? Il a des caméras partout.

C.D. : J'ai revu *Miami Vice*. Je n'avais pas tellement aimé. Mais c'est quand même une façon de filmer, c'est passionnant. Il y a une force, une énergie incroyable. Il n'y a pas de plans inutiles. Les films sont très longs, mais il n'y a pas un plan inutile. Quand il décide de filmer la nuque d'un acteur, c'est vraiment une tension, c'est là, ce n'est pas du tout… un effet. C'est étonnant. On sent le poids des choses.

A.D. : Tout à l'heure, vous parliez du somnambulisme. J'ai retrouvé une citation de Truffaut à votre sujet : « Catherine est une actrice "ralentie", elle est plutôt lente. »

C.D. : Ah oui ?!

A.D. : Oui. « … Les actrices qui accèdent au mythe jouent un peu plus lentement que la normale. » Ça me faisait penser au mot que vous avez utilisé : une transe ou un somnambulisme.

C.D. : Oui, peut-être. C'est vrai. Il y a de la sidération, quand même. Des fois, on se laisse sidérer… (*elle reprend :*) Ce qui est très embêtant à jouer au cinéma, ce sont les choses anodines. Parfois je vois des films d'action, et je me dis : « Mon Dieu, ce qu'ils ont dû s'ennuyer ! Combien de fois ils ont fait ça ! Ça n'a aucun intérêt pour eux ! » Ça, je trouve ça terrible. Il y a des choses qu'il faut faire, on doit voir ceci, puis rentrer dans une voiture, surtout dans les films d'action.

A.D. : Oui, mais la voiture, les regards, l'ennui c'est Stewart dans *Vertigo* ! Vous aviez rencontré Hitchcock. Vous aviez eu un projet avec lui…

C.D. : Oui, je devais tourner avec Hitchcock. Ça se passait dans le Nord aussi, comme dans *Le Rideau déchiré* – une histoire d'espionnage. Ce n'était qu'un synopsis encore à l'époque. Je me souviens, je l'avais rencontré. J'avais déjeuné avec lui à Paris, et j'étais très contrariée parce qu'on venait de m'arracher une dent de sagesse. Il est mort quelques mois après. J'aurais vraiment aimer tourner avec lui. Ça, c'est vraiment un cinéaste…

A.D. : Parce que là il y a ces choses quotidiennes, mais vous sentez une tension. Là, l'acteur, il sait qu'il est filmé ! Comme dans un film d'Oliveira !

C.D. : Oui, mais alors là, c'est très amusant. Truffaut avait ça aussi par moments, ce côté malin et habile de savoir qu'il y a des choses qui doivent être filmées d'une certaine façon. Ce sont des trucs qu'il avait appris d'Hitchcock, à force de l'observer, de faire ce livre avec lui. Une façon de filmer imparable. Il parlait facilement de ce qu'il faisait et comment il tournait les choses, François. En tête à tête : il fallait que ce soit une conversation, jamais une discussion en public.

A.D. : Et vous parliez beaucoup avec Truffaut et Belmondo sur *La Sirène du Mississippi* ?

C.D. : C'était un tournage très singulier. Il a écrit les dialogues au fur et à mesure. On nous passait les scènes sous les portes des chambres d'hôtel pendant la nuit, pour le lendemain.

A.D. : Dans le manuscrit et son exemplaire du livre, Truffaut a souligné tous les traits qui nous permettent de comprendre où le couple en est, physiquement, de son histoire. Alors, c'est en même temps très allusif, et très cru.

C.D. : Oui, je suis d'accord, c'est un film très impudique. J'ai eu des moments très difficiles. Mais oui, les parties du récit sont précises. Si elle sent qu'il se méfie d'elle, ou si elle sent que ça s'est bien passé, et qu'elle va pouvoir abuser... Oui, c'est très cru. Mais sa relation avec Belmondo était très difficile.

A.D. : Il est magnifique dans le film, mais les spectateurs français n'aiment pas voir un homme dans un rôle féminin.

C.D. : Surtout Jean-Paul Belmondo ! Et même pour lui... C'était surtout ça, le truc. Il avait envie de tourner avec François, mais je pense qu'il s'est rendu compte que c'était plus un film pour moi que pour lui. En plus il était fiancé à une actrice et ça n'a pas facilité les choses. Il y a eu un vrai clash sur le film. Il a arrêté de tourner. C'était une scène difficile, qu'il ne trouvait pas bien. François a dit : « On répète encore. » Et puis Jean-Paul a dû trouver que l'heure avait passé, que c'était l'heure de déjeuner, et il est parti. François est resté un peu surpris, puis il a dit : « Bon… On ne tourne pas. On ne tournera pas aujourd'hui. » Et on est parti déjeuner tous les deux à Marseille. Quand Jean-Paul est revenu une heure et demie après et qu'il n'y avait plus personne, ça a été un cataclysme terrible. Je pense que François, c'était un mélange de choses. Cette scène, il ne la sentait pas, et l'attitude de Jean-Paul a été dans le sens de ça. Je me souviens, j'étais dans un état ! Je me disais que c'était de la folie, j'étais paniquée. Surtout que je voyais beaucoup François, on parlait beaucoup, je savais déjà que c'était un problème pour Jean-Paul…

A.D. : La fin sous la neige était quasiment improvisée ?

C.D. : Il voulait vraiment que ce soit comme un dessin animé. Une fois qu'on était à Grenoble, il a voulu que la fin soit… Là, c'était moi la méchante reine, celle qui empoisonne Blanche-Neige.

A.D. : Et Hitchcock, c'est à cause de quel film qu'il a voulu vous rencontrer ?

C.D. : C'était par François. Comme ils se voyaient quand il venait à Paris, on s'était rencontrés...

A.D. : Et vous n'avez jamais rencontré Renoir ?

C.D. : Non.

A.D. : Il y a des films de Renoir qui ont compté pour vous ?

C.D. : Oh ! oui. *Le Fleuve.*

A.D. : La copie restaurée par Scorsese, c'est magnifique ! Vous vous seriez bien entendue avec lui, je pense...

C.D. : Oui !

A.D. : Demy ne connaissait pas Renoir ?

C.D. : Non, quand Jacques était à Los Angeles, quand il tournait *Top Model*, nous déjeunions parfois chez Cukor, mais Renoir, non. Il devait déjà être très fatigué. Tiens, j'ai revu *Women*, c'est bien, mais quelle cruauté ! Il n'aimait vraiment pas les femmes, Cukor.

A.D. : J'aime beaucoup *Rich and Famous*.

C.D. : Ah oui, Jacqueline Bisset et Candice Bergen. Ça, c'était bien…

A.D. : Dans vos choix de films, vos zigzags, chaque fois…

C.D. : Oh, vous savez, ça dépend des films qu'on vous propose. Il y a des moments moins intéressants, quand même…

A.D. : … Eh bien j'ai l'impression que, chaque fois, vous ne choisissez pas tant un nouveau rôle que d'abord un nouveau film, avec lequel vous puissiez prolonger une haute idée du cinéma. C'est la première chose que je vois dans votre jeu.

Que ce soit avec Oliveira, Lemercier, Tony Scott, j'ai l'impression qu'il y a chez vous une angoisse qui vous pousse : cette idée que le cinéma est une chose toujours en sursis.

C.D. : Je me suis bien amusée à jouer dans *Palais royal* de Valérie !

A.D. : Chaque fois, dans tel rôle précis, tel film précis, comment le jouer d'une façon qui porte une idée haute du cinéma ? Ça a l'air abstrait, mais c'est très concret. Faire coïncider le rôle, le personnage, avec l'ambition du film.

C.D. : Oh, mais je vois très bien ce que vous voulez dire. Non, ce n'est pas abstrait du tout, c'est très concret ! Et j'adore jouer les comédies.

A.D. : Votre film préféré de Godard ? Plutôt dans les récents…

C.D. : Non, pas dans les récents. Quand j'entends le texte des récents, je trouve ça absolument formidable. Ça me touche énormément. Mais quand je les vois, j'ai du mal… De Godard, ce serait peut-être *Pierrot le fou*. Mais je ne connais pas très bien les films de Godard.

A.D. : Un film préféré de Scorsese ?

C.D. : (*Elle cherche…*) Mm. Non, pas *Le Temps de l'innocence*. *Casino*, c'est vraiment brillant. Ah, ça y est : plutôt *Raging Bull* !

A.D. : Évidemment, parce que vous êtes une fille et que vous adorez vous identifier à Jack La Motta…

C.D. : C'est surtout De Niro. Voir un acteur devenir ça, pour un film, et y arriver à ce point, et être filmé comme ça par son metteur en scène, je trouve ça... Je l'ai vu au moins trois fois. La seule chose qui m'énerve un peu dans les films de Scorsese, ce sont les femmes. Je trouve qu'elles sont un peu en dessous.

A.D. : Alice n'est plus ici, c'est formidable !

C.D. : Ah oui, mais Ellen Burstyn est une actrice formidable. Sinon, les femmes ne l'intéressent pas beaucoup, si ? Mais *Raging Bull*, c'est génial.

A.D. : J'ai l'impression que *Le Dernier Métro* vous a plus changée, vous a fait plus d'effets encore que *La Sirène*.

C.D. : Oui, c'est vrai. *La Sirène*, c'était beaucoup plus compliqué. Mais dans *Le Dernier Métro*, c'était très différent. D'abord on parlait beaucoup, on se voyait beaucoup. Truffaut n'allait pas voir les rushes. Il disait : je les verrai en fin de semaine. Moi, j'allais les voir. Il voulait que je lui raconte. On dialoguait beaucoup : du cinéma, des acteurs. C'était sa passion. Les films bien sûr, mais surtout des acteurs et des actrices. Et le fait qu'il était si passionné par quelque chose, on ne pouvait pas faire autrement que de l'écouter. J'ai beaucoup parlé avec lui à ce moment-là.

A.D. : Dans ce petit texte de Truffaut à votre sujet, il dit : « Catherine n'est pas une fleur. Une femme, une fleur, c'est idiot. Pas plus un bouquet. Catherine est plutôt un vase, dans lequel le spectateur place le bouquet. »

Vous-même, vous parliez un jour de votre travail comme d'être « une page blanche » sur laquelle le film s'écrira.

C.D. : L'idée du vase de François est très juste. C'est mieux dit que la page blanche… Oui, c'est vrai, je préfère arriver vierge de toute intention que d'arriver avec mon truc. Je suis incapable de me faire une idée d'un personnage. Et en même temps, à partir du moment où j'ai accepté de faire le film, où j'ai lu le scénario, je sais que c'est une chose qui fera des circonvolutions, qui ne sera pas là tout le temps, qui ne me quittera jamais non plus. Mais je ne suis pas obsédée, je n'ai pas de mal à quitter mon personnage le soir. Je suis toujours contente de tourner, et je suis toujours contente de partir le soir – parce que c'est vrai qu'il y a toujours une espèce de fatigue nerveuse. Je sais que c'est tapi toujours quelque part pendant le temps du tournage. Il y a des choses qui se mettent en place un peu malgré moi. Maintenant je le sais.

A.D. : Bon, je commence un jeu idiot, c'est un questionnaire. Mais j'ai peur de vous embêter…

C.D. : Non, allez-y !

A.D. : Picasso ou Matisse ?/ *Ah ! là, là* ! / Oui, vous vous seriez plutôt « et » ; moi, c'est le « ou » exclusif.

C.D. : Je dirais Picasso.

A.D. : Rolling Stones ou Beatles ?

C.D. : Rolling Stones.

A.D. : Ville ou campagne ?

C.D. : La ville, mais je préfère la campagne quand même.

A.D. : Renoir ou Bresson ?

C.D. : Mais c'est très cruel ce que vous me demandez là ! Je vais dire Bresson... Non !... Oh, Renoir quand j'étais plus jeune ! Maintenant, je dirais Bresson, je crois.

A.D. : Studio ou en location ? J'étais très étonné de lire que vous aimiez bien tourner en studio.

C.D. : Je préfère en décors naturels quand même. Mais il y a des films où on est dans des décors naturels tellement étriqués, où il y a tellement de bruit, où la présence des techniciens est tellement forte dans une pièce, qu'on a beaucoup de mal à retrouver une intimité…

A.D. : Flaubert ou Stendhal ?

C.D. : Stendhal.

A.D. : Pollock ou Warhol ? Là, ça devient dur de choisir pour moi…

C.D. : Pollock.

A.D. : Beethoven ou Mozart ? Rohmer répond : les deux.

C.D. : Oh ! là, là… Vous voyez, tout ça je pourrais couper en deux et dire : ça c'est mon côté blanc, ça c'est mon côté noir, et les deux pas aux mêmes heures de ma vie… Je dirais Mozart parce que je n'ai plus envie de pleurer.

A.D. : Shakespeare ou Molière ?

C.D. : Ben, Shakespeare, oui.

A.D. : Trop facile comme question. Shakespeare ou Strindberg ?

C.D. : C'est difficile ! Je vais dire quand même Shakespeare.

A.D. : Trop facile. Strindberg ou Tchekhov ? Ça, c'est salaud.

C.D. : Oh, j'aime tellement leur univers ! Je ne peux pas choisir.

A.D. : J'ai une solution : Nicholas Ray ou Téchiné.

C.D. : (*Rires ; elle scande :*) Téchiné ! Téchiné !

A.D. : Bien sûr, vous êtes très liée à ce que j'appellerais le nouveau réalisme français : Téchiné, Garrel, le rendez-vous manqué avec Pialat…

C.D. : Oh, ce rendez-vous manqué ! Quel dommage !…

A.D. : Pourtant, il y a une phrase de Godard que j'aime bien, et qui me fait penser à un trait de la Nouvelle Vague que vous avez en partage : Godard disait préférer plutôt « imprimer une expression » à « exprimer une impression ». J'ai trouvé que c'était très proche de votre idée de la page blanche.

C.D. : Oh oui, c'est très beau. C'est tout à fait ça.

A.D. : Je trouve que, lorsque vous jouez, avant d'exprimer des impressions – ce qui est très bien, et qui peut être un des travaux de l'acteur, bien entendu –, d'abord vous imprimez une expression. Vous imprimez sur l'écran.

C'est ce qui m'apparaît si singulier chez vous.

Alors, je conclus mon questionnaire. Plutôt Stanislavski ou plutôt Brecht ?

C.D. : Oh, Brecht ! (*elle pense à la distanciation, et enchaîne :*) Mais quand je pense aux situations que j'ai eues dans les films... j'ai été aveugle, muette, amputée, meurtrière, vampire, mère de famille, fille mère, lesbienne, alcoolique, voleuse...

A.D. : Alors, l'actrice très réservée, distanciée, très bourgeoise !...

C.D. : C'est fou ! Je suis sidérée que quand on parle de moi, les gens, très vite c'est : blonde, froide, hiératique... Comme quoi, les gens ne retiennent que ce qui va dans le sens de ce qu'ils souhaitent de cette personne.

A.D. : Ça me frappe tout autant chez Truffaut. C'était le seul de la bande qui fut un vrai ancien voyou ; et on regarde ses films comme des films sages. Quand c'est son extrémisme que j'aime. Et chez vous aussi, il y a un côté voyou dans le choix des rôles, la façon de les jouer. Vous vous doutez bien que si vous acceptez tel film les gens vont être choqués, qu'il y a une transgression...

C.D. : Mais je ne pense jamais aux gens, tant que le film n'est pas fait ! Et même après, je me dis toujours : J'espère que le film va rencontrer son public mais, même si les gens n'aiment pas, ça m'embête, mais ça n'entame en rien le plaisir que j'ai eu à le faire...

Je pense que j'ai des publics différents. Je le vois bien... Le nombre de gens qui me parlent de notre film, *Un conte de Noël*... Des gens qui n'auraient peut-être pas osé me parler avant. C'est très curieux... Je peux être assise comme ça pendant une heure à côté de quelqu'un et avant de partir il va me dire une chose qu'il avait absolument besoin de me dire… Récemment, c'est un des films dont on m'a le plus parlé. Il y a quelque chose de jubilatoire dans le personnage qui plaît énormément. Cette scène avec Amalric dans le jardin, les gens, ça les a cloués. C'est à la fois un truc insolent, vrai, de mauvais goût par rapport à ce qu'ils se disent – parce que ce n'est pas supposé être dit entre une mère et son fils, et puis ça les touche. C'est très curieux. Parfois les gens vous disent : « J'ai aimé votre dernier film, je trouve ça formidable… » Mais là, c'est quelque chose de jubilatoire par rapport au personnage.

A.D. : C'est le Front-De-Libération-Du-Personnage. Que tout le monde – les personnages et l'acteur – soit conscient de ce côté-là de l'écran de ce qu'ils sont, ce qu'ils disent. Alors que d'habitude le personnage est un imbécile, l'acteur est un animal, et le réalisateur ou le spectateur les dominent…

C.D. : Oui !

A.D. : Des questions que j'ai oublié de vous poser. Je peux ?

C.D. : Oui, allez-y !

A.D. : Bazin, vous n'avez pas pu le croiser puisque vous n'étiez pas dans la même bande…

C.D. : Non. François m'en a parlé beaucoup. Beaucoup.

A.D. : Quels acteurs américains garçons vous ont marquée ? Cooper ?

C.D. : Oui, mais en même temps, curieusement, je le trouvais très asexué. Très sexy et très asexué. Les acteurs, c'est plus tard. James Dean, oui, je le trouvais très émouvant, très différent, très étonnant. Mais ça a plutôt été après pour moi : Pacino, De Niro. C'est vraiment ces deux-là. Il y en a plein d'autres que j'aime beaucoup aussi, des acteurs américains, j'aime beaucoup les acteurs américains. J'ai beaucoup plus de facilité à trouver des noms d'acteurs américains que d'acteurs européens, franchement. Sauf les Anglais. J'aimais beaucoup les acteurs anglais.

A.D. : Ah bon ? Qui ?

C.D. : Ils sont morts : Laurence Harvey, Tom Courtenay, cet acteur avec des cheveux gris et des yeux très bleus, dans *Bloody Sunday*, Peter Finch... Et puis Albert Finney – qui me fait beaucoup penser au père de Chiara maintenant, physiquement. C'est incroyable ce qu'il me rappelle Marcello... Avec les années il gagne quelque chose de très méditerranéen.

A.D. : De Mastroianni, vous avez dit un jour une chose qui me plaît beaucoup. Vous disiez qu'au cinéma, à la différence du théâtre, il y a des garçons et des filles, il n'y a pas des hommes et des femmes.

C.D. : Ben oui, c'est vrai !

A.D. : Et que Mastroianni ne tenait pas à être un homme ; il restait un garçon et ça lui suffisait. Et vous étiez une fille, et ça vous plaisait.

C.D. : (*Elle sourit.*) Oui, oui. C'est vrai que je fais souvent cette distinction-là.

A.D. : Je conclus avec Truffaut. Toujours un extrait du même texte. « Si l'humanité se divise entre voyeurs et exhibitionnistes, Catherine est voyeuse, *donc* plus proche de la vie. » Ça m'enchante.

Origine des textes

Celle par qui le scandale arrive a paru le 8 décembre 2004 dans *Les Inrockuptibles* ; l'auteur l'a revu et augmenté pour cette édition.

Une certaine lenteur a été publié en novembre-décembre 2008 dans la revue américaine *Film Comment*, sous le titre *Catherine Deneuve Uncut*.

Nous remercions Nicolas Saada à qui ce livre doit beaucoup.

Table

Mise en page
PCA
44400 Rezé

Imprimé par Black Print
en mars 2021

Imprimé en Espagne